다정함에 다정함을 포개어

1MIRI NO YASASHISA~ IKKO NO MAE WO MUITE IKIRU
KOTOBA by IKKO
ⓒ IKKO 2022, Printed in Japan
Korean translation copyright ⓒ 2023 by Positive Thinking Publishing Co., Ltd.
First published in Japan by Daiwa Shobo Co., Ltd.
Korean translation rights arranged with Daiwa Shobo Co., Ltd.
through Imprima Korea Agency.

다정함에
다정함을 포개어

뾰족한 마음을 둥그렇게 다듬는 위로의 말들

잇코 지음 · 이소담 옮김

프롤로그

코로나의 여파로 크게 달라진 시대의 흐름을 보며 사람들의 일상에 가장 필요한 것은 다정한 말 한마디가 아닐까 하는 생각이 듭니다.

**'1밀리미터라도 앞으로 나아가고
1밀리그램이라도 먼저 애정 쏟기'**

예전과 달리 서로 거리를 두게 되는 요즘, 작은 행동이 얼마나 귀하고 소중한지를 강렬히 느낍니다. 아무것도 몰랐던 사회초년생 시절부터 예순이 넘은 지금까지의 삶을 떠올리며 글을 썼습니다. 집필을 하는 동안 '나를 살게 한 소중한 경험과 추억'에 대해 다시금 생각해 볼 수 있었어요. 조금은 무거운 이야기도 있지만 다정한 위로를 전하고 싶다는 마음으로 이 책을 완성했답니다.

한 가지 생각에 대한 명료한 카피, 다정한 일러스트, 짧은 글을 양면으로 배치해 한눈에 편하게 읽을 수 있을 거예요. 단 한 구절이라도 독자님 마음에 촉촉하게 스며든다면 제게 큰 기쁨이 될 것 같습니다. 앞으로 한 발을 내딛기 어려울 때마다 펼쳐볼 수 있는, '마음을 지키는 부적' 같은 책이 되면 좋겠습니다.

-사랑을 담아, 잇코

제1장 **비틀대는 나를 일으키는 다정한 응원**

제2장 위태로운 인간관계를 돌보는 다정한 위로

CONTENTS

제3장 사회에서의 성공을 이끄는 다정한 조언

제4장 나이듦에 작아진 마음을 향한 다정한 공감

1

비틀대는 나를 일으키는 다정한 응원

내 마음은 내가 응원하기

인생을 살아가면서 늘 자신만만할 수는 없어요.

오히려 자신감이 없을 때가 더 많죠.

상반된 감정을 모두 경험하며 사는 게 인생이에요.

자신감이 없을 때는 "괜찮다, 괜찮다." 하고 다독이며

내가 먼저 나에게 응원을 건네주세요.

이 시기에 자신을 좀 더 면밀히 바라보며 부족한 점을 보완하려

노력한다면 좀 더 단단한 사람으로 성장할 수 있어요.

나아가 다른 사람에게 솔직하게 털어놓고 의지한다면

따뜻한 위로와 사랑을 받기도 하죠.

반대로 자신감이 너무 과하면 뭐든

본인 생각대로 될 거라는 교만함이 생겨요.

이 마음은 누군가를 공격할지도 모르니 자신을 잘 타일러야 해요.

과하지 않은 선에서 나에게 힘이 될 자신감을 꾸준히 길러 봐요.

멈추어 고민하는 시간을 아끼기

젊은 시절에는 고민하느라 많은 시간을 허무하게 흘려보냈어요.
'어쩌지? 어쩜 좋아?' 발을 동동 구르며 걱정만 하는 것은
에너지를 소비할 뿐이에요.
'지금 할 수 있는 일은 무엇일까?'에 초점을 맞추는 게 중요해요.
이미 벌어진 일에 대해 고민하는 건 시간 낭비지만
앞으로 할 수 있는 일을 생각하는 건 꼭 필요한 과정이랍니다.
걱정하느라 멈추어 있는 것보다 아주 조금만이라도
성장하려고 노력해야 해요.
하루 1밀리미터라도 앞으로 나아가면 괜찮아요.
조금 뒤처져 있더라도 또 1밀리미터 나아가면 돼요.
굼벵이 걸음이라도 한 걸음 한 걸음이 쌓이면
결국 앞으로 나아가니까요.

나에게 한 방울의 사랑을

어떤 변화를 겪더라도 내가 나의 1등 팬이 되어 주세요.
우리 몸은 아끼고 보듬는 만큼 보답해 줘요.
체형에 변화가 생기고 주름이 진대도
나를 사랑하는 마음을 품고 가꾸면 반드시 아름다워집니다.
있는 그대로의 모습을 받아들이는 것도 중요한 자세지만
시간이 갈수록 못나지는 내 모습에 실망할 수 있어요.
그러니 아끼는 식물에 물을 주는 것처럼 세심하게 보살펴 주세요.
어떤 존재라도 정성을 다해 사랑하면 아름다워 보인답니다.
매일 작은 노력을, 한 방울의 사랑을 자신에게 건네요.

가끔은 게으르게 생활하기

머~엉

40대에 공황 장애를 겪은 후로 중요하게 여기는 두 가지가 있어요.

하나, '괜찮다, 괜찮다.'라고 자주 생각하기.

둘, 매일 잠시라도 몸을 편안하게 늘어뜨리고 멍하니 있기.

공황 장애는 극도의 긴장감이나 스트레스, 불안감을 품을 때 찾아와요.

이에 시달릴 때 저를 구한 말이 괜찮다는 위로였어요.

누군가 어쩔 줄 모르는 제게

"괜찮아, 괜찮아. 열심히 살아온 훈장이야."라고

말했을 때 기분이 편해졌거든요.

너무 힘들 때는 모처럼 휴식의 기회가 온 거라 여기세요.

'천천히 느긋하게, 멍하니. 게으른 생활을 해 보자.'

이렇게 생각하는 거죠.

한 발짝 나아가고 잠시 멈추어 쉬었다가

또 나아가기를 반복하면 조금씩 괜찮아질 거예요.

답답했던 가슴 언저리가 평온해지는 순간이

반드시 찾아올 테니 초조해하지 말아요.

공기가 맑은 곳에서 걷는 방법도 추천해요.

호흡을 여유롭게 내쉬면서 천천히 움직이세요.

불안할 땐, 이미지 트레이닝

자신이 없거나 불안한 상황에 놓이면 안절부절못하게 돼요.
그러다 보면 불안이 겉으로 드러나
남에게 자칫 얕보이거나 크게 당할 수 있어요.
중요한 자리에서 이런 태도를 보일 경우 단숨에 신뢰를 잃기도 하죠.
극도로 불안하다 싶을 땐
자신감 넘치는 이상적인 사람을
머릿속으로 그리고, 그 사람이 되어 보세요.
등을 쭉 펴고, 당당하게 말하고, 환하게 웃어요.
멋지게 짠~ 가상의 나로 변신하는 거죠!

눈물 한 방울조차 소중히

회사로부터 독립한 초기에는 모든 일을 스스로 책임지느라
힘들어서 자주 울었어요.
부정적인 기운을 뿜다 보니
주변 사람들과의 사이가 점점 멀어졌어요.
우는 내 모습이 나약해 보여 자존감도 낮아졌고요.
운다고 해결되는 일은 아무것도 없었죠.
그래서 '눈물은 몸의 일부야. 단 한 방울도 낭비하지 않겠어.'라고
결심했답니다.
우는 데 쓰는 에너지를 최대한 아껴 미래를 위해 쓰기로 했어요.
힘든 일이 생기면 일단 현실을 받아들이고
앞으로 어떻게 대처할 것인지에 대해 고민했어요.
눈물을 아끼자 마음이 단련되었고,
문제를 좀 더 냉철하게 직면할 수 있었어요.
결국 좋은 결과가 찾아오더군요.
눈물도 몸의 일부라 여기며 소중히 아껴요.

고독은 기회의 시간

먹방 시청

귀여운 거 최고

일할 때 말고는 만나는 사람이 극소수라
고독하게 보내는 시간이 많아요.
그런데 신기하게도 쓸쓸하다는 생각은 안 들어요.
고독하다고 하면 부정적인 이미지가 떠오를 텐데요,
무리해서 다른 사람에게 취향을 맞추느니
좋아하는 일을 할 시간을 확보하는 편이 훨씬 행복하더라고요.
요즘은 마음을 사로잡는 물건도 다양하고
재미있는 콘텐츠도 넘쳐나서
즐거운 고독에 빠질 수 있는 시대잖아요.
저는 혼자만의 시간이 생기면
흥미로운 영상을 잔뜩 볼 수 있어서 행복하답니다.
고독은 소중한 취미에 푹 빠져들 수 있는
기회의 시간이기도 해요.

마냥 좋게 생각하는 건 그만

사람들로부터 종종 "잇코 씨는 정말 긍정적이네요."라는
말을 들어요. 사실 40대까지는 어떤 일이든
긍정적으로 받아들이려고 노력했어요.
50대가 된 후 이런 사고가 마냥 옳지만은 않다는 걸 깨달았죠.
이제는 긍정적으로 생각하기 전에 직면한 현실을
있는 그대로 받아들이려고 해요.
이어서 '그렇다면 어떻게 하면 좋을까?'라는 생각을 합니다.
상황을 제대로 파악한 다음 어떻게 해결할지에 대해
현실적으로 생각하는 것이 문제를 극복하는 데 효과적이더라고요.
긍정적인 사고가 지나치면 나쁜 부분까지
괜찮다고 정당화할 수 있어요.
누군가와 갈등이 생겼을 때도 상대와 내가 엇갈리는 이유를
파악한 후에 적극적이고 긍정적으로 표현하세요.
무작정 좋게 생각하는 것보다 인생의 폭이 넓어질 거예요.

이 악물고 견디지 말기

예전에는 "이 악물고 노력해야지."라는 말을 흔히 했어요.
청춘이라면 어떤 고난도 무릅써야 한다는 시대 분위기가 존재했죠.
하지만 세상이 달라졌어요.
요즘에는 너무 열심히 노력하기보다
즐길 줄 아는 사람이 훨씬 인정받곤 해요.
'근성'이라는 말이 더 이상 통하지 않죠.
심지어 뒤에서는 부단히 노력하더라도
앞에서는 털털하게 보여야 살아남는달까요.
이 시대에 굳이 '이 악물기'란 표현을 쓴다면
'어떤 역경을 마주해도 나만의 방법으로 극복하기'라고
해석하는 게 어울릴 듯합니다.
저는 근성이란 말을 입에 달고 살았던 시대보다 지금이 좋아요.
옛 시대의 가치관을 버리고 현시대의 깨어 있는 감각을
오래 유지하고 싶어요.

하루하루가 연극의 한 장면

마음이 답답할 때 힘들다는 생각에 깊이 빠지면 끝없이 괴로워요.
괴로울 때야말로 적당히 나를 속이는 게 필요합니다.
인생을 연극하는 것처럼 살아 보면 어떨까요?
위기의 사건을 멋진 결말로 가는 디딤돌이라고 여기는 거죠.
힘든 일을 곧이곧대로 받아들이다가 더는 견딜 수 없어지기도 하잖아요.
세상사 올바르게, 아름답게, 생각한 대로 되지 않는 일이 더 많으니까요.
내 앞을 막는 벽 앞에 오도카니 멈추어 서면 앞으로 갈 수 없습니다.
다음 장면으로 넘어가기 위해서는
주인공이 된 기분으로 장벽에 맞서야 해요.
장애물이 높을수록 더욱 성장할 수 있어요.
여러 가지 경험을 통해 인생이라는 이야기에 깊이가 생깁니다.
나이를 먹을수록 깨닫는 진리예요.

마음을 다잡아 주는 든든한 말

웃으면 복이 와요~

"어쩜 그렇게 밝으세요?"라는 말을 자주 듣지만
일상생활을 할 때도 늘 밝은가 하면 그렇지도 않아요.
솔직히 천성적으로 어두운 편이라고 생각해요.
오랜 세월 경영자로 살아와서인지
매일같이 복잡한 인간관계 때문에 골머리를 앓았거든요.
한창 일에 몰두하던 당시 연인에게 이런 이야기도 들었어요.
"올해도 많이 못 웃었네."
언젠가부터 웃지 못할 정도로 힘들 때에는
'웃으면 복이 온다'는 뜻을 가진
'소문만복래(笑門萬福來)'라는 단어를 생각하거나
종이에 적어서 마음의 부적처럼 자주 꺼내 봤어요.
그랬더니 정말 하루에 한 번은 미소 짓게 되고,
차츰 웃는 횟수가 늘어났습니다.
저를 완전히 달라지게 한 소중한 문구랍니다.
힘들 때마다 마음을 다잡아 줄 단어나 문장을 하나쯤 정해 보세요.

'안 돼'라는 생각이야말로 안 돼!

프리랜서로 일하던 20대 시절,
큰 실수를 저지른 저 때문에 불쾌해하는 손님 앞에서
얼어붙었던 적이 있습니다.
그 일이 트라우마로 남아 절대 실수하면 안 된다는 강박이 생겼어요.
몇 년 후 회사에 소속되어서도
'또 실수하면 어쩌지?'라는 불안감에 계속 시달렸습니다.
과거의 일을 자꾸만 떠올리면 실수가 줄어드는 게 아니라
오히려 상황이 나빠지는 것 같아서,
이대로는 안 된다고 생각해 이미지 트레이닝을 시작했어요.
'괜찮아. 잘될 거야. 실수해도 결국 극복할 수 있어!'
그러자 어느새 조금씩 트라우마가 사라졌어요.
잘할 수 있다고 이미지 트레이닝을 한 덕분이었죠.
'틀리면 안 돼, 실수하면 안 돼.'
이런 생각이야말로 안 돼요, 안 돼!

되고 싶은 사람이 되는 상상

그 사람이었다면 어떻게 했을까?

성장하고 싶을 때 무작정 노력하는 것보다 쉬운 방법이 있어요.
바로 '이상형 따라 하기'예요.
닮고 싶은 사람을 떠올리고
그 사람을 흉내 내는 노력부터 시작하는 거죠.
외모, 행동, 말투 등을 따라 하며
조금이라도 비슷한 분위기를 내보는 거예요.
흉내 내는 과정에서 나만의 느낌이 생기기도 해요.
좋아하는 사람에게 품는 마음은 원하는 일에 다가서는
지름길이라고 믿어요.

변신하기 위한 타이밍

너무 갑자기
변신한 거 아니야?

놀랐어?

같은 환경 안에서 새로워지기란
의지가 어지간히 강하지 않은 한 어렵죠.
주변 사람들이 원래 내 모습을 알고 있으니까요.
그러니 달라지고 싶을 때는 타이밍이 중요해요.
예를 들어 이직을 하거나 전학을 가는 등의
물리적 변화가 생겼을 때가 기회예요.
나를 아는 사람이 없으니 변신하기에 최적의 타이밍이죠.
다만 무작정 밀어붙이면 위험해요.
과거의 모습을 단번에 바꾸는 건 어려우니까요.
새로운 내가 되기 위해서는 조금씩 노력하겠다는 마음가짐이 중요해요.
날마다 이미지 트레이닝을 하며 차근차근 노력합니다.

조금이라도 성장하려는 다짐

일 밀리미터씩

경영자로 막 올라섰을 무렵,
직원들에게 어떤 가르침을 전해야 할까 고민이 많았어요.
애초에 경영자로서 자질이 부족한 건 아닐까 생각하던 중
이거다 싶은 가르침을 얻는 경험을 했습니다.
한 탱고 가수의 메이크업을 담당했을 때였어요.
장시간 진행될 공연을 앞두고 탱고 가수는 휠체어를 탄 채로
콘서트장에 도착했어요. 다리를 다쳐 일어서기도 힘든 상태였죠.
춤을 출 수 있을까 걱정했는데, 공연이 시작되니 휠체어에서 내려
15센티미터나 되는 구두를 신고 아무 일도 없다는 듯
무대에 올라 탱고를 선보였어요.
그 모습에서 진정한 프로 정신을 실감했습니다.
어떤 상황에서도 프로로서 책임감을 갖고
최선을 다하는 모습에 전율했어요.
그 후로 직원들을 대할 때, 경영자라고 너무 힘주지 않고
있는 그대로의 나를 보여주겠다고 마음먹었어요.
정해진 일을 막연히 하는 것이 아닌, 일의 의미를 알고
매일 조금이라도 발전하는 자세를 보여주려고 했죠.
마음가짐이 달라지자 일에 대한 열정이 다시금 싹텄답니다.

중요한 결단일수록 직감을 믿기

꿈을 향해 총총

결단을 내릴 때는 직감이 중요해요.
갈피를 잡지 못한 상태에서 괜히 억지로
이런저런 이유를 갖다붙이다 보면
최선의 결론을 내리지 못하는 경우가 많아요.
저는 오히려 중요한 일일수록 가능한 한
남의 의견을 구하지 않으려 해요.
내 문제를 다른 사람에게 이해시키기란 정말 어렵잖아요.
아무리 상황을 자세히 설명해도 상대방이
어떻게 받아들이느냐에 따라 반응이 다르고요.
다른 사람에게 털어놓을 만한 사안이라면
특별한 기회라고 할 수도 없어요.
인생의 중요한 분기점이 될 것 같단 예감이 들 때야말로
자신의 느낌을 소중히 여기세요.

안 좋은 기억을 성장통 삼아

이 고통조차 품어주겠어

예전에는 기쁜 감정을 잘 표현하지 못했어요.

어려서부터 다정한 보살핌을 받은 경험이 드물었기 때문이죠.

초등학생 때 친구의 음식을 나눠 먹자고 했다가

거절당한 적이 있어요.

그 일이 상처로 남아 "한 입만 먹어도 돼?"라는 말조차

못 하는 성격이 되었죠.

또 운동을 못하는 편이라 단체 경기를 할 때

방해만 된다고 느낀 적이 많아요.

그래서 여러 명과 협업하는 일을 두려워하게 되었어요.

어른이 된 뒤에야 그 끔찍했던 기억도

나만의 재산으로 삼을 수 있다는 걸 깨달았습니다.

어릴 적 겪은 마음의 통증을 무작정 잊으려 노력하는 대신

이를 성공으로 이끄는 힘으로 여기자고 다짐했죠.

성장통을 심하게 겪은 덕분에 좀 더 다정한 사람이 될 수 있었답니다.

이거야말로 큰 성과라고 생각해요.

그만두는 버릇과는 안녕

초등학생 때 강해지고 싶어 무술을 배웠어요.
시작한 지 1년도 채 지나지 않아 그만뒀지만요.
도장까지 버스를 1시간이나 타고 가야 해서 힘들기도 했고
그 밖에 이런저런 핑계를 댔던 것 같아요.
처음에는 그만둬서 편하다고 생각했는데
학창 시절 내내 약해 보인다는 소리를 들으니
'나를 지키는 기술을 확실히 익혀 둘걸 그랬어.'라며
수없이 후회했어요.
제게 무술은 남을 공격하는 무기가 아니라,
자신을 지키는 방패가 될 수 있다는 걸 뒤늦게 깨달은 거죠.
결심은 비장하게 하면서 흐지부지 그만두는 일이 반복되자
이대로는 안되겠다는 생각이 들었어요.
스스로 배우겠다고 결정한 일은 가급적 도중에
내던지지 않기로 했어요.
정말로 힘들어서 단념하는 건 어쩔 수 없지만 몇 번 해 보지도 않고
아무렇지 않게 그만두는 일을 반복하지는 않아요.
우리, 그만두는 버릇과는 이제 멀어져요.

꿈은 삶의 원동력

중학생 때, 남학생은 머리를 짧게 밀어야 했어요.
따르고 싶지 않았지만 반항할 용기가 없던 저는
거울을 거들떠보기도 싫은 3년을 보냈죠.
원하는 삶이 뭔지는 모르겠지만
이런 삶은 아닌 것 같다는 생각에
얼마나 초조하고 두려웠는지 몰라요.
별다른 희망도, 목표도 없어 공부를 소홀히 했고
삶의 의미를 찾으려 하지도 않았어요.
거부하거나 항의하는 방법조차 몰랐답니다.
편협한 감각으로 살았죠.
그러다가 미용사가 되고 싶단 꿈이 생겼어요.
앞으로 가야 할 길을 찾고 나니 비로소 인생이 달리 보였어요.
'누가 비웃거나 말거나 내가 가고 싶은 길을 가자!'
미래를 그리면서 처음으로 삶의 의미를 깨달았답니다.

나의 길은 스스로 정하기

좋은 대학교를 졸업해 대기업에 입사해서
적당한 나이에 결혼하는 인생.
주변 어른들이 흔히 말하는 이런 삶이
내게 어울리지 않는다는 사실은 어렸을 때부터 알았어요.
가치관에 맞지도 않는 인생을 걸어가라고 강요하는
어른들이 끔찍했죠.
'왜 정해진 틀에 나를 가두려고 하지?'
정해진 틀에 들어가지 않으려면
앞으로 걸어갈 길은 스스로 정해야겠다고 생각했어요.
회사원으로 일하는 건 성향과 맞지 않을 거라 판단해
하고 싶은 일을 깊이 고민했어요.
제가 정한 길은 바로 미용이었고, 꽤나 적성에 잘 맞았답니다.
다른 사람이 무슨 말을 하더라도 나에게 어울린다고 생각한다면
그게 정답이에요.
다른 사람에게 주도권을 넘기지 말고
자기 인생은 스스로 정해야 해요.

2

위태로운 인간관계를 돌보는 다정한 위로

안 된다고 말하는 용기

인간관계를 원만하게 이끌어 가려면 적절한 거리감이 중요해요.
상황에 따라 상대방에게 "이건 안 됩니다."라고
분명하게 말하는 용기가 필요하죠.
미안하다는 이유로 내 가치관에 맞지 않게 행동하다 보면
머지않아 부정적인 힘이 나를 지배하기 시작합니다.
사람마다 상식과 책임의 기준이 다르므로 무리하지 말고,
같이 있을 때 불편한 사람에게 억지로 맞추지 마세요.
특히 사적인 관계에서는 가치관이 맞는 사람들과 어울리세요.
기억해요, 인간관계에는 적절한 거리감이 필요하다는 것을.

흥분은 후회를 남기고

버럭

'그렇게 하지 말았어야 했는데.'라고 후회할 때가 있어요.
상대방에게 북받친 감정을 숨기지 않고 내보인 경우죠.
아집에 사로잡혀 자기주장만 내세울 때도 있어요.
있는 힘을 다해 말싸움에서 이겼다 해도
상황이 내가 원하는 대로만 변하진 않을 거예요.
북받친 감정을 그대로 퍼부으면
상대방은 대부분 불쾌하게 생각합니다.
감정이 요동칠 때는 일단 진정하는 과정이 필요해요.
평소보다 내 주장이 강해진다 싶으면 잠깐 멈추고
"진정하자."라고 마음속으로 속삭이세요.
흥분하면 꼭 하려던 말도 제대로 전할 수 없으니
일단 의식적으로 마음을 진정시켜요.

늦기 전에 진실로 되돌리기

누구나 상황을 모면하려는 거짓말이나 변명을 한 적이 있을 거예요.
한두 번은 괜찮을지 몰라도 습관처럼 거짓말을 하면
주변 사람들로부터 신용을 잃을 테죠.
죄책감에 시달리기도 하고요.
거짓말은 결국 자신에게 독이 되어 돌아온답니다.
무의식 중에 거짓말을 했다면 "앗, 미안해. 거짓말이야."라고
늦기 전에 고백하세요.
곧바로 사과하자고 머릿속에 입력해 두는 게 좋습니다.
물론 각자 처한 상황이 다를 테고, 나름대로 대처하는 방법이 있겠죠.
그러나 시간이 흘러 거짓이 부풀려지면 자신만 더 괴로우니
1분 1초라도 빨리 진실로 되돌리는 것을 우선순위로 두어요.

상대의 장점을 발견하는 힘

사회초년생 때는 선배들에게 응석을 부리거나
기대는 걸 어려워했어요.
능청스럽게 친한 척을 할 용기가 없었기도 하지만
'내가 더 잘하니까.'라는 자만에 빠져 무시하기도 했답니다.
자신감을 지키고자 꼿꼿하게 굴기도 했는데 얻는 건 없더라고요.
오히려 선배들의 장점이 눈에 띌 때마다
진솔한 마음으로 칭찬하는 태도가 중요했어요.
칭찬하면 상대방이 나보다 우위에 선다고 여겼는데,
그게 아니더라고요.
상대방의 좋은 점을 바라보니까 저 역시 인정받게 되었어요.
남이 나를 부정하는데 기분 좋을 사람이 어디 있겠어요.
상대방의 좋은 점을 발견해 칭찬할 줄 아는 건
더 나은 인생을 사는 비결이라고 생각해요.
다만, 가식적으로 건네는 달콤한 말은
오히려 관계를 악화시킬 수 있으니
작은 칭찬이라도 진심을 담아 전하세요.

행운을 불러오는 웃는 얼굴

습관적으로 힘든 표정을 지으면 몸과 마음에 주름이 새겨져요.
행운의 신이 '아이고, 행운을 줘도 소용이 없겠네!' 하고
도망치기라도 하듯, 작은 행운조차 찾아오지 않는답니다.
만약 조금 힘들더라도 미소를 짓는다면
행운의 신이 착각하고 찾아올 수도 있지 않을까요?
가끔 예능 방송에 출연하면 다들 재미있게 대해 주니
의식하지 않아도 환하게 웃게 되고 몸도 가뿐해요.
그러다 본업으로 돌아오면 긴장한 채 일해서인지
얼굴이 딱딱하게 굳더라고요.
어두운 표정이 굳어지지 않게 의식적으로 웃으려고 노력을 해요.
우연히 찾아오는 행운을 놓치지 않기 위해서요.
웃음이 주는 작은 행운을 매일 차곡차곡 쌓다 보면
큰 행복을 마주하게 될 거예요.

비교는 금물

삶이 잘 풀리지 않을 땐
괜히 주변 사람의 배경을 내 상황과 비교하곤 하죠.
겉으론 좋아 보여도 속마음을 파고들면
의외로 지금의 나보다 힘든 경우도 많답니다.
아무리 행복해 보인다고 해도 다들 나름대로
풀리지 않는 일은 반드시 있습니다.
지금의 내 행복을 소중하게 곱씹는 자세가 중요해요.
남들을 부러워하다가 내 손에 쥔 것을 놓아 버리면
두 번 다시 되찾을 수 없어요.
인생은 비교하는 게 아니에요.
제각각 좋은 점이 있으니까요.

대가 없는 관계를 쌓기

부모는 자식에게 애정을 퍼부으며 대가를 바라지 않죠.
진심 어린 다정한 보살핌은 부모이기에 줄 수 있어요.
이러한 무조건적인 애정을 남에게 바라는 것은 무리입니다.
상대방에게 큰 기대를 품고 대가를 바라면
인간관계에 문제가 생기기도 해요.
연애든 우정이든 자기 감정을 앞세워 무작정 퍼주고,
그만큼 되돌려받기를 바라면 차츰차츰 무너짐의 징조가 보입니다.
'모두들 자신의 삶을 건사하느라 바쁘다'는 사실을 깨달아야 해요.
만약 대가를 바라지 않고 상대방에게 헌신할 수 있다면
그게 바로 진정한 사랑일 거예요.
그 감정을 소중히 여겨요.

다정한 한마디를 아끼지 말기

괜찮아?

다정한 한 마디가 부족해서 마음이 힘들 때가 많죠?
"미안해.", "고마워." 바로 이런 말들이요.
'그때 좀 더 따뜻하게 말했으면 좋았을 텐데…….' 하고
후회한 적도 있을 거예요.
저는 예전에 직장 상사로서 했던 행동이 가끔 떠올라요.
후배들에게 "자, 여기 일정."이라고 무심하게 말하곤 했는데,
"자, 여기 일정 전달해요. 모르는 거 있으면 물어보세요."라고 했다면,
듣는 사람이 받는 느낌은 전혀 달랐을 것 같아요.
사는 게 삭막하다고 느껴질수록 다정한 한 마디를 아끼지 마세요.
약간의 수고스러움이 다정한 사회를 만든답니다.

고마운 마음은 적극적으로

고마운 마음은 적극적으로 표현하는 게 좋아요.
생각만 하면 상대방은 모르니까요.
'뭘 하면 이 사람이 좋아할까?'라는 생각이 들면
우선 말이나 행동으로 그 마음을 표현하려고 노력해 보세요.
아주 사소한 일이라도 좋아요.
저는 여름이면 사무실에 오는 택배 기사님에게
시원한 물 한 병을 챙겨 드립니다.
요즘에는 남을 챙길 때도 선을 지켜야 한다고 하지만,
감사하는 마음은 아낌없이 솔직하게 전하고 싶더라고요.
앞으로도 상대방이 부담스러워하지 않을 정도로
충분히 표현할 거예요.
고마워요, 고마워요.

사소한 말에도 영혼을 담아

"고마워."라는 말을 듣고 기분이 상할 사람은 없겠죠.
하지만 이 따뜻한 말도 진정성 없이 표현하면 나쁜 말이 됩니다.
감사란, 상대방이 보여준 호의에 예의 있게 답하는 것이에요.
진심을 담아야 합니다.
누군가를 진심으로 좋아할 때는
말 한마디 한마디에 애정이 묻어나죠.
반대로 영혼 없이 겉으로만 표현하면
상대방도 분명 속마음을 알아차릴 거예요.
앞으로는 다정한 마음이 담긴 "고마워."를 자주 건네길 바라요.

나쁜 상황도 다시 보기

아무도 공격할 수 없는 가시밭길!

주변 사람들이 죄다 잔소리만 해서
가시밭길에 놓여 있는 것 같을 때
의외로 이 길이 편할 수도 있다고 생각해 봐요.
'가시밭길은 하늘에서도 땅에서도 적이 들어올 수 없는 곳이야.
오히려 가시가 나를 지켜주지!' 이렇게 해석해 보는 거죠.
주변의 감정이 자꾸만 가시처럼
나를 찌른다고 해도 침착한 마음을 가져요.
가시밭길에서는 허둥거릴수록 가시에 찔리는 법이에요.
사방의 가시를 확인하고 자신을 지키며 천천히 나아가요.
지금의 고된 길은 절대 계속되지 않을 테니까요.

협조하는 태도의 중요성

꾸벅

20대에는 사회생활에 있어 요령이 없고 자기주장이 강해서
상사나 동료와 자주 부딪혔어요.
그러다가 상사와 원만하게 지내는 선배를 보고
'자기주장과 협조의 균형'이 중요하단 걸 깨달았답니다.
일을 하다 보면 내 의견을 주장해야 할 때가 있는데
이를 대비해 평소에 잘 협조하고 예의 바르게 행동하는 거예요.
평상시 태도가 바른 사람이 자기 의견을 드러내면
그 말의 힘은 두 배, 세 배로 더 강해집니다.
이 사람이 이렇게 말하는 데는 이유가 있을 거라고 반응하죠.
현명하게 내 의견을 제시하고 싶다면
협조하는 태도가 필요해요.

세대 차이가 만들어 내는 멋

나이 차이가 나는 사람과 관계를 맺는 게 어렵다면
이렇게 생각해 보는 건 어떨까요?
다른 세대의 생각을 인정하고 이해하면,
오히려 함께 멋진 것을 만들어 낼 수 있다고요.
나이 든 사람은 시대를 이끌어 갈 이들의
트렌디한 감각을 알아 가고,
젊은 사람은 연륜에서 나오는 지혜를 배우는 거죠.
문화 충격을 받을 정도의 엄청난 세대 차이는
혼자서는 영영 발견하지 못할 특별한 감각을 얻을 수 있는 기회랍니다.
아예 새로운 발상이 떠오르기도 할 거예요.
다른 관심사를 가진 사람에 대해 더 많이 궁금해하세요.

정반대의 취향은 보물

호랑이 띠

자
축
해
묘
술
진
유
사
오
원숭이 띠
미

가끔은 내 취향과 전혀 다른 무언가를
긍정적으로 받아들이는 게 인생에 좋은 영향을 미칠 때가 있어요.
내 약점을 채워 줄 수 있는 발판이 되는 셈이죠.
취향이며 성격이 정반대인 사람에게
의외의 배울 점을 찾을 때가 있잖아요.
익숙한 게 아니라고 그저 밀어내지만 말고
정반대의 것을 보물처럼 여기는 자세도 중요해요.

가끔은 예스맨 되기

자꾸 지적을 받으면 괜히 움츠러들고
심지어 자기 자신이 싫어지기도 해요.
주변에 나를 칭찬하는 사람과 지적하는 사람이
얼마나 있는지에 따라 인생이 달라질 수 있어요.
특히 나이가 들수록 칭찬받을 일이 줄어들잖아요,
사회적 지위를 내려놓는 시기라 자신감을 잃기 쉽기에
칭찬이 더욱 중요해요.
그럴 때는 주변에 소위 '예스맨'이 많아도 좋답니다.
부모님이나 웃어른이 지금까지 열심히 살아왔다는 자부심을 품고
앞으로 나아갈 수 있도록 칭찬을 아끼지 마세요.
나이 불문, 칭찬은 소중하답니다.

습관적인 불평은 자제하기

과거에는 불평을 달고 사는 사람이었다고 해도
과언이 아니에요.
투덜댄다고 나아지는 건 아무것도 없다는 사실을 깨닫고는
최대한 불평하지 않으려 노력했죠.
불평을 자주 늘어놓는 사람을 누가 좋아하겠어요.
마음 건강을 위해 가끔 한숨을 돌리는 건 분명 필요하지만요.
언제나 한숨이 불평으로 이어지지 않도록 주의해야 해요.
특히 일과 관련된 사람에게는 아무리 힘들어도
쉽게 투덜거려서는 안 돼요.
나도 모르는 사이에 지나치게 부정적인 말을 하게 될 수 있으니까요.
불평을 늘어놓는 것과 한숨 돌리기는 다르다는 것,
꼭 기억하고 실수하지 마세요.

진정한 내 모습을 드러내기

'이렇게 살아가도 괜찮을까?' 하는 깊은 생각에 잠긴 적이 있어요.
내 삶의 방식을 외면한 채 무리하면서 쌓은 인간관계가
전부 환상이란 생각이 들었거든요.
그 사실을 깨달은 뒤 주변에 조금씩 '진정한 나 자신'을
보여 주기로 했습니다.
나를 솔직하게 드러냈다고 해서 멀어진 사람과는
어차피 무너질 관계였을 거예요.
물론 내 모습을 거짓 없이 다 보여 준다고 행복해지는 건 아니에요.
각자의 성향과 환경에 따라 적당한 시기와 타협점을 찾아야겠죠.
무리하지 않는 선에서 나답게, 솔직하게, 편하게 살길 바라요.

내가 나를 바라보는 시선

사람은 아무리 객관적으로 생각하려 해도
자기 자신에게는 호의적인 시선을 보내게 되죠.
이를 경계하기 위해 또 한 명의 나를 어깨에 얹고
내 모습을 객관적으로 내려다보려 노력할 필요가 있어요.
신경 쓰면서 살면 가끔은 피곤할 수도 있겠지만,
나를 냉정하게 바라보는 태도는 올바른 성장을 위해
여러모로 중요해요.
지금 잘 살아가고 있는지 헷갈린다면
멈추어 서서 자신을 찬찬히 살펴보세요.

다정함이 필요한 시대

제 청년기에는 '꿈과 희망'이라는 가치가 중요했어요.
'고도 성장기', '스포츠 정신' 같은 말이 자주 언급되며
부단히 노력하면 성공한다는 분위기가 감도는 시대였답니다.
"이 악물고 열심히 살라."라는 말을 자주 들었죠.
90년대로 넘어가면서 열심히 하는 것보다
여유로운 감성을 중요하게 여기기 시작했어요.
많은 사람이 삶의 여유로움을 추구하자
솔직하게 표현하는 게 하나의 트렌드가 되었죠.
코로나 시국을 겪으면서 지금은 분위기가 또 크게 달라졌어요.
본심을 고스란히 드러내고 갈등하는 것에 너도나도 지쳐
'다정함'이 더욱 필요해졌습니다.
어떤 시대든 우리 모두는 서로 배려하는 다정함을 바라는 존재예요.
지금도 앞으로도 아름답고 다정한 시대가 이어지기를
간절히 바랍니다.

3

사
회
에
서
의
성
공
을
이
끄
는
다
정
한
조
언

결국 이기는 건 정직함

'정직하면 손해다.'

누구나 한 번쯤 이런 생각을 해 봤을 거예요.

그럴싸한 거짓말을 늘어놓으며 난감한 상황을

구렁이 담 넘어가듯 모면하는 사람을 보면,

'흥, 역시 정직하면 손해만 보네.'라고 실망하게 되죠.

저도 젊어서는 과하게 정직해서 손해 보고 후회할 때가 많았지만,

결국은 '우직하게 쌓아 올린 정직함'이 이긴다고 믿게 되더라고요.

늑대와 양치기 소년 이야기처럼 자꾸 거짓말을 하면

처음에는 어찌어찌 넘어갈지라도 신뢰를 잃어

중요한 순간에 진실을 말해도 오해받기 쉬워요.

거듭된 거짓말은 모든 것을 거짓으로 만들어 버릴 수 있습니다.

신뢰받는 사람의 조건

평소 자주 찾거나 유독 마음이 가는 브랜드가 있나요?
저는 담당자를 신뢰할 수 있을 때
브랜드에 대한 이미지가 좋아지더라고요.
신뢰할 수 있다고 판단을 내리는 조건을 생각해 봤어요.
첫째, 요청 사항을 단번에 파악하고 답변해 주는 안정감.
둘째, 주문을 기한 내에 정확하게 처리하는 속도감.
셋째, 문제가 생겼을 때 진지하게 대처하려는 태도.
이 세 가지 사항을 갖춘 담당자를 만나면
브랜드 자체를 신뢰하는 마음이 깊어집니다.
성공하고 싶다면 우선 다른 이들이 신뢰할 수 있는
사람이 되려고 노력하세요.

장점을 살려 나만의 무기로

사회초년생 시절, 미용 일을 처음 시작했을 때
매일같이 실수를 연발해 참 많이 혼났습니다.
그 시절, 혹독하게 교육받은 덕분에
지금의 내가 존재하니 마냥 나쁜 경험만은 아니지만요.
당시 상사로부터 좀 더 대담해질 순 없냐는 말을 자주 들었는데
타고난 성향이 그렇지 못해서인지 도무지 나아지지가 않았어요.
오히려 부족한 면보다는 제 장점인 세심함과 배려를
내세우려 하자 자신감이 붙기 시작했어요.
업무적으로는 자신 없는 머리카락 커트보단
메이크업과 머리 세팅을 무기로 삼았고요.
나만의 특기를 살려 인정받으려고 노력한 것이죠.
좋아하는 일이라면 금방 실력을 갖출 수 있으니
좋아하는 일부터 열심히 연습했어요.
대신 못하는 일이라고 포기하면 나약한 사람이라는 편견이
생길 수 있으니 자신 없는 일도 평균 수준까지 실력을
끌어올리고자 노력했습니다.
단점을 고치려고 너무 애쓰기보단 우선 장점을 살려 보세요.
나만의 무기가 생기면 뭐든 잘할 수 있다는 자신감도 생길 거예요.

올바른 방향으로 노력하기

기초부터 충실히

차근차근

기초를 차근차근 다지는 게 비효율적이라고 느껴져서
쉽고 편한 나만의 방법대로 일을 할 때가 있었어요.
편법에 익숙해지자 시간이 흐를수록 오히려
어설퍼진다는 걸 깨달았습니다.
경험이 쌓이는데도 올바른 방향으로
나아간다는 느낌이 들지 않았어요.
모든 일의 기본에는 의미가 있다는 진리를 철저하게 배웠죠.
무언가를 배울 때 자기만의 방식으로만 이해하려 하면
시간이 아무리 지나도 좋은 결과를 내지 못해요.
더디게 성장하는 것 같더라도 기초부터 충실히 다지며
착실하게 경험을 쌓아야 합니다.
꾸준히 반복하면 실력은 분명히 더 나은 방향으로 좋아질 거예요.

남을 움직이게 하는 열정의 힘

가쓰라 유미 선생님(일본의 유명한 웨딩 디자이너)과
한 방송에서 대담을 나누다가
"열정은 사람을 움직이죠."라는 말을 듣고 소름이 돋았어요.
인생을 관통하는 말이라고 생각했어요.
어떤 일을 진행할 때 '이 사람은 의욕을 현실로 구현하네.'라고
느낄 정도로 엄청난 열정을 뿜어내는 사람이 있어요.
이런 사람 곁에는 도움을 주려는 사람들이 자연스레 모여 들죠.
반면, 열정이 눈에 보이지 않아 성과를 못 내는 사람에게는
조력자가 잘 나타나지 않고요.
어떤 일에 차고 넘칠 정도의 열정을 담아내는 능력은
세상 무엇과도 바꿀 수 없는 보물입니다.
꿈을 꿈 이상으로 만드는 훌륭한 힘이에요.

처음에는 양을, 그다음에는 질을

오래전, 동물 '양(羊)'은 부의 상징이었어요.
여러 마리를 소유하면 넉넉한 부를 지녔다고 여겼죠.
그렇지만 사실 더 중요한 건 마릿수보다
가치 있는 양을 얼마나 더 많이 소유하고 있는지잖아요.
이 관점에서 깨달은 것이 있어요.
일을 시작할 때 어떤 방향으로 나아가야 할지 헷갈린다면
처음에는 질보다 양적인 측면에서 힘을 키우세요.
양적으로 어느 정도 경쟁력을 갖췄다면,
이후에는 양보다 질을 추구하는 거죠.
옷을 예로 들자면 저는 가짓수는 적어도
품질이 좋은 걸 입는 편이 더 멋지다고 생각해요.
친구도 그래요. 셀 수 없이 많은 친구보다
진정한 단 한 명의 친구가 든든하죠.
뭐든 많은 것보단 실속 있는 것이 결국 더 중요합니다.

유행은 바람처럼 흘러가는 것

성공에는 두 종류가 있습니다.

하나는 실력을 차곡차곡 쌓아 올린 끝에 거둔 성공입니다.

명품 브랜드나 노포 매장을 예로 들 수 있어요.

오랜 세월 갈고닦은 실력으로 부동의 지위를 얻은 것이기에

그 이름에는 엄청난 가치가 담겨 있죠.

또 하나는 시대의 흐름에 우연히 올라탄 성공이에요.

'유행'이라 일컫죠.

유행으로 인해 반짝 인기를 끌었다고 해도 사람들의 기억에

여러 번 각인되지 않으면 진정한 성공이라 할 수 없습니다.

이러한 성공은 바람처럼 유유히 흘러가 한순간에 사라지기도 해요.

그러니 차곡차곡 성실하게 실력을 쌓아 나가는 게 중요합니다.

겸손함은 생명

대체 불가능하다고 여겨지는 사람은
자기 자신을 사랑하고 주변으로부터도 사랑받습니다.
다른 사람에게서 찾기 힘든 장점을 갖고 있기에
특별한 대우를 받을 테고 의견을 내도 잘 통하겠죠.
이렇게 귀한 평가를 받을 때
세상에서 제일 잘났다는 듯이 자신감에 취해 있으면
주변 사람들은 떠나 버립니다.
겸허한 마음을 가져야 오래 사랑받을 수 있어요.
유일무이한 사람 혹은 시건방진 사람으로
평가받는 기준은 종이 한 장 차이예요.
익으면 고개를 숙이는 벼처럼 능력을 갖출수록
겸손한 태도를 가져야 해요.
타인을 향한, 이 세상을 향한 사랑도 잊지 않으면서요.

어른이라면 복습보다 예습

어른이 되면 복습보다 예습이 더 중요해요.
특정한 일에 대해 다른 사람들과 의논할 때
미리 신경 써서 내용을 조금이라도 알아 두면
겉돌지 않고 깊은 이야기를 나눌 수 있죠.
갑자기 의견을 물어 왔을 때 기회를 잡을 수 있고요.
예습만 했다면 여러 당황스러운 순간을 피할 수 있습니다.
잘 몰라서 기회를 놓치는 건 괜히 억울하고 아깝잖아요.
중요한 건 예습, 예습이에요!

기회는 평소에 준비된 사람에게

20대 시절, 일하다가 들은 말이 잊히지 않아요.
"기회는 갑자기 찾아온다."
이어서 이런 말도 들었어요.
"기회란 하루에 한 대 올지 안 올지 모르는 버스를 기다리는 것과 같아.
그러니 버스가 왔을 때 탈지 말지 판단하는 힘을 지니고 있어야 해.
결국 버스를 탔다면, 버스가 향하는 곳에 어울리는
실력을 갖췄는지가 중요할 테고."
기회는 예상치 못한 순간에 갑자기 찾아오니
목표를 향해 매일 정직한 노력을 거듭해 실력을 쌓는 것이
얼마나 중요한지 깨달았죠.
이 말은 저를 늘 노력하는 사람으로 만들었답니다.
인생을 구원해 줬다고 해도 과언이 아니에요.

다채로운 경험 쌓기

안정적인 일과 좋아하는 일 사이에서
고민하는 청년들의 이야기를 종종 들어요.
여러 가지 현실적인 사정으로 쉽지 않겠지만
안정을 추구하는 대신 좋아하는 일을 많이 하길 바라요.
돈을 1순위로 삼는 것보다 무언가에 도전하며
다채로운 경험을 쌓는 편이 앞으로의 인생을
색깔 있고 의미 있게 만드는 데 도움이 될 거예요.
좋아하는 일에 집중하면 반드시 멋진 보물을 얻습니다.
좋아하는 길을 적극적으로 걸어가세요.
자신만의 경험을 차곡차곡 쌓다 보면 진정한 성공에
이를 수 있을 거예요.

회사를 선택할 땐 내 기준대로

과연 나랑 잘 맞을까?

회사를 선택할 때 다른 사람의 시선이나 평가를 기준으로 삼지 마세요.
가장 중요한 기준은 '본인의 성향과 맞는가'예요.
앞으로 내가 성장하려면 상사가 어떤 사람인지,
어떤 동료와 일할지 파악하는 게 아주 중요해요.
함께 일하게 될 사람들의 됨됨이는
사실 운에 맡겨야 하는 부분이 크죠.
면접장에서라도 직원들의 표정과 말투를 면밀히 살펴보세요.
면접관의 태도가 별로라면 빠르게 판단하는 용기가 필요해요.
성향에 맞지 않는 곳에 몸담으면
일을 제대로 시작하기도 전에 괴로울 수 있어요.
두 눈으로 직접 분위기를 확인하고
나의 성향과 맞는지 스스로 판단해야 해요.

상대의 기쁨을 고민하기

같이 가요~

브랜드나 가게를 성공으로 이끌기 위해 반드시 고려해야 하는 건
'손님이 진심으로 기뻐하는가?'라는 물음입니다.
요즘 세상에서 소비자를 만족시키려면 수많은 상품 중
우리의 상품이 특별하다는 걸 단번에 느끼게 해야 해요.
물론 다른 곳과 가격 차이가 어느 정도 나는가도 중요합니다.
가격에는 상품의 가치만이 아니라 서비스나
가게의 분위기 등이 손님에게 얼마나 감동을 주는지도 포함돼요.
늘 소비자의 곁에 맴돌면서 어떻게 하면 기뻐할지
작은 부분까지 섬세하게 고민하세요.
함께하고, 또 함께하는 마음으로요.

내 인생에 필요한 기둥

'인생을 지탱하려면 세 개의 기둥이 필요하다.'라는 옛말이 있어요.
'믿음, 소망, 사랑', '가족, 일, 돈', 이런 식으로 살아가면서
중요하게 생각해야 하는 것들을 마음속에 정해 두라는 의미죠.
세 개라는 숫자보다는 각자의 가치관과 환경을
충분히 고려하는 게 중요합니다.
내 삶의 형태에 따라 필요한 기둥의 수가 달라지므로
무조건 많다고 좋은 건 아니에요.
'지금 내 인생의 형태는 어떠하고, 이를 지지하려면 어떤 기둥이,
몇 개의 기둥이 필요할까?' 스스로 물어봐야 해요.
그때그때 본인의 환경에 맞게 인생의 기둥을 세울 줄 안다면
힘든 일이 닥쳐도 쉽게 무너지지 않을 거예요.

리더의 자질, 이해심

리더에게 제일 중요한 자질은 이해심이에요.
업무 중 부하 직원이 문제를 일으켰을 때,
좋은 리더는 자신이 편한대로 해결책을 제시하는 게 아니라
부하 직원의 마음도 헤아려가며 대처해요.
리더가 당황한 사람을 못 본 척하지 않고 벌어진 문제를
함께 해결하려 노력한다면, 그의 곁엔 늘 사람이 모일 거예요.
'이 사람을 따라 가면 나한테도 좋은 기회가 생길 거야.'
라는 기대감과 안도감이 생기기 때문이죠.
대단한 실적을 내더라도 이해심과 배려심이 없다면
함께 일하는 사람들의 신뢰를 얻지 못해요.
상대방보다 높은 직위에 있다고 하더라도
입장을 바꾸어 깊게 생각하세요.

리더의 자질, 상대의 장점 파악

이건
잘하고

이건
어려워하지!

리더라면 꼭 신경 써야 할 게 있어요.
바로 인력 배치가 적재적소에 잘 이루어졌는지를 확인하는 일입니다.
상품의 질이나 서비스의 수준을 높이려 할 때,
새로운 업무를 단순히 똑같은 양으로 배분하면
과정을 따라오지 못하는 사람이 반드시 생겨요.
사람마다 잘하는 분야가 다르고 서툰 점도 다르기 때문이죠.
누구나 장점은 드러내려 하지만 약점은 숨기는 법이니
리더는 그런 점을 파악해 분야마다 어울리는 사람을 배치해야 해요.
개개인의 장점을 집중해서 살려 주세요.
그러면 회사와 직원 모두 발전할 수 있어요.

좋아하는 마음에 집중하기

나이나 분야에 상관없이 좋아하는 일을 하는 게 최고라고 생각해요.
어떤 일이든 꾸준히 하다 보면 즐거울 때도,
싫을 때도 있기 마련이에요.
잘 맞지 않고 서툰 일을 할 때는 집중력이 오래 이어지지 않을 테지만
좋아하는 일이라면 오랜 시간 집중할 수 있죠.
무슨 일이든 집중하는 시간이 쌓여야만 점점 능숙해지기 때문에
좋아하는 마음은 아주 중요해요.
좋아서 하는 사람을 이기지 못한다는 말이 있는 이유죠.

혼자보단 함께일 때 더 빛나는 법

무명 헤어 메이크업 아티스트였던 저는 대중에게 알려진 뒤
사람은 혼자보단 함께일 때 더 멋진 결과를
만들 수 있다는 걸 깨달았어요.
돌아보면 이기적인 생각으로 저만의 성공에 집착한 적도 있어요.
그런 자세가 필요한 시기도 분명 있었고요.
하지만 어느 정도 경력과 경험이 쌓이고 보니
하나의 목표를 향해 팀원들이 함께 노력했을 때
시너지가 생겨 더 좋은 결과가 만들어진다는 걸 알았어요.
여러 사람이 같은 목표를 바라보고 나아가면
끝내 목표를 이뤄 낼 수 있어요.
함께하는 사람들의 마음이 강할수록 멋진 결과물을 만들 수 있습니다.
한곳을 향해 똘똘 뭉쳐 노력하는 동료가 얼마나 있는지가
일에 있어 성공과 실패를 가름합니다.

인생의 궤도 수정은 수시로

위화감

'인생의 궤도 수정'이란,
일상 속에서 위화감을 느꼈을 때
그 원인을 명확하게 파악해 바로잡는 것을 말합니다.
예를 들어 매일 지내는 집에서 어떤 위화감을 느꼈다면
누군가 물건을 움직였다는 증거일 수 있죠.
원인을 파악하다 보면 특별한 문제를 발견할 수도 있어요.
그냥 덮어두고 넘어가면 문제가 커져 나중에 큰일을 겪을지도 몰라요.
이유를 확실하게 찾는 자세는
일상생활에서도, 일을 할 때도 필요해요.
궤도 수정을 거듭해야 나를 단단하게 지킬 수 있답니다.
아무리 작은 단서라도 위화감을 감지했다면
원인을 찾아 움직이세요.

편한 쉼을 위한 작은 변화

우리 집에는 시계가 없어요.
시계가 눈에 들어오면 시간이 흐르는 게 자꾸 신경 쓰여서
괜히 긴장되거든요.
집에서만큼은 시간을 잊고 싶더라고요.
충분히 편하게 휴식하면 아침에 자연스럽게 눈이 떠져요.
일찍 일어나야 할 경우엔 핸드폰으로 알람을 설정하면 되죠.
집은 긴장하지 않아도 되는 곳,
언제든 편히 쉴 수 있는 곳으로 만들어야 해요.
자신의 라이프 스타일을 돌아보며 '편한 쉼'을 위한
작은 변화를 찾아보세요.

주기적으로 가치관 검토하기

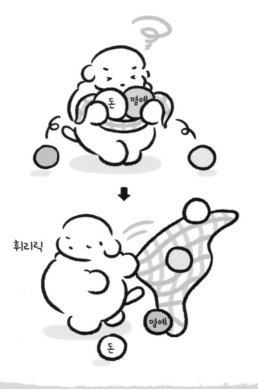

대략 10년을 주기로 인생의 중요한 가치가 달라지는 것 같습니다.

20대는 경험을 쌓을 때입니다.

다양한 생각을 가진 사람들을 많이 만나볼 수 있는 시기이니

낯선 곳에도 적극적으로 발을 들여 보세요.

여러 경험을 통해 다양한 정보를 접하면

힘든 일에 부딪혀도 쉽게 대처할 수 있을 거예요.

30대는 책임감을 가질 때입니다.

특정 분야의 경험을 집중적으로 쌓아

책임감을 두텁게 갖추는 것이 중요해요.

40대는 실행력을 보여 줄 때입니다.

자신이 한 말을 착실히 실현하지 않으면 인정받을 수 없습니다.

50대는 상실감에서 벗어날 때입니다.

퇴직, 주변 사람의 죽음 등 지금까지 경험하지 못한

낯선 일들이 찾아올 수 있어요.

상실감에 깊이 빠지지 않도록 새로운 추억을

만들려는 노력이 필요합니다.

시간의 흐름에 따라 중요한 가치가 달라짐을 자연스레 받아들이세요.

4

나이듦에 작아진 마음을 향한 다정한 공감

어떤 모습이어도 나는 나

50대가 되고 이런저런 변화에 스트레스를 받아 살이 많이 쪘어요.
주변으로부터 살 빼란 소리를 자주 들었죠.
하지만 내 모습을 싫어하진 않았어요.
살이 찐 나도 나니까.
단정한 매무새와 자신감이 중요하지,
체형의 아름다움에 집착할 필요는 없어요.
어떤 모습의 나라도 스스로 좋아하려고 노력해야 해요.
내가 나를 좋아하지 않으면 다른 사람도 나를 좋아하지 않으니까요.
나이가 들어도 반짝거리는 눈을 갖고 있다면 빛나 보여요.
언제나 멋지게 살아가려는 자신감이 중요해요.

쉽게 감동하는 사람

감동하는 횟수가 많을수록 인생은 더 반짝여요.

맛있는 음식을 먹으며 행복하다고 표현하고,

푸른 하늘을 보며 아름답다고 생각하는 거죠.

사소하고 일상적인 감동을 얼마나 자주 느끼냐에 따라

인생의 색채가 훨씬 다채로워집니다.

특히 오감으로 생생하게 느낄수록 아름다운 감성이 더욱 잘 자라나요.

그러니 예술 작품도 직접 접하는 게 좋아요.

멋진 작품을 많이 보면 내면의 감각을 기를 수 있답니다.

다방면에 안테나를 세워서 마음을 풍성하게 가꾸세요.

품격을 기르려는 노력

품격은 두 가지로 나눌 수 있어요.

하나는 선천적으로 갖춘 품격.

다른 하나는 후천적으로 익히는 품격입니다.

사람마다 태어난 환경에 차이가 나는 것은 어쩔 수 없죠.

타고나지 않았대도 살아가면서 품격을 기를 수 있습니다.

많은 어려움을 겪으면서도 후천적으로 배우고 익힌 것을 통해

자신의 품격을 갖춰나간 모로코의 왕비,

그레이스 켈리를 보며 저는 큰 용기를 얻었어요.

품격에는 태도, 언행, 아름다운 마음 전부가 반영돼요.

닮고 싶은 이들을 본보기 삼아 다방면으로 품격을 길러 보세요.

쉬어 갈 용기를 내기

행복 충전 중

대표직을 맡은 후로 쉬지 않고 일해 온 제가
과감하게 용기를 내 나흘간의 휴가를 다녀온 적이 있어요.
여러 직원과 자주 소통해야 하는 제겐 아주 큰 결단이었죠.
여행지는 유소년기의 '여름 방학' 같은 분위기가 나는 세부 섬이었답니다.
인간의 손에 훼손되지 않은 정글은 눈물이 흐를 정도로 경이롭고,
울퉁불퉁한 길의 나무들은 투박한 모습 그대로 마음에 스며들었어요.
꾸며지지 않은 풍경은 책임질 게 아무것도 없었던 시절의
여름 방학으로 잠시나마 제 마음을 옮겨 주었답니다.
책임질 위치에 있으면 가끔은 아무런 책임이 없었던 시절로
돌아가고 싶기도 해요.
마음을 차분하고 온화하게 만든 나흘간은 휴식은
다시금 힘을 내 일할 수 있게 도와준 귀한 경험이었답니다.

주변에 휘둘리지 않는 마음

'세상 사람들 눈에 에너지가 부족하거나
감각이 뒤처진 사람으로 보이지 않으려면,
나이를 먹어도 중요한 사람으로 여겨지려면 어떻게 해야 할까?'
50대에 접어들면서 줄곧 이 문제를 생각했어요.
결국 지금껏 쌓아온 다양한 경험이 자산이란 생각을 했죠.
무엇이 중요하고, 중요하지 않은지를 구분할 줄 알기에
에너지를 현명하게 나눠 쓸 수 있게 되었더라고요.
'보지 않고, 말하지 않고, 듣지 않기'라는 옛말이 있어요.
**내게 꼭 필요한 일이 아니라면 과하게 개입하지 말고
단순하게 살면서 체력을 보존하라는 뜻이에요.**
주변에 휘둘리거나 쓸데없는 것에 힘들이지 말고,
지금까지의 경험을 소중히 여기며 계속 나아가세요.

내면을 아름답고 단단하게

블링블링

겸손

젊을 때는 내가 돋보일 수 있다면
현실을 조금 과장해서 표현해도 괜찮다고 생각했어요.
평소 모습보다 예쁘게 나온 사진을 프로필 사진으로 등록하는 등
약간의 귀여운 허영은 필요하다고 말이죠.
주변으로부터 칭찬을 받으면 실제로도 아름다워지고 싶어
열심히 자기관리를 하게 되더라고요.
다만 나이를 먹어서도 젊을 때와 같은 감각으로
현실을 과장하려 하면 위험해요.
내면의 품격과 지혜를 얼마나 쌓았는지가 더 중요한 시기거든요.
내가 가진 것 이상으로 굳이 포장하지 않아도
내면이 아름답고 단단한 사람은 반짝반짝 눈에 띈답니다.

나를 돌보는 소소한 습관

제가 자신을 돌보는 일 중 중요하게 여기는 것 하나가
'자외선 차단'이에요.
자외선은 피부가 약하거나 무방비할 때 엄청난 충격을 줄 수 있어요.
지속적으로 충격을 받으면 각종 피부 문제가 발생하죠.
아름다워지기 위해 부단히 노력하자는 말이 아니라,
나를 돌보는 소소한 수고를 게을리하지 말자는 의미입니다.
작은 행동 하나하나가 쌓이면 어마어마한 차이로
눈앞에 드러나곤 해요.
자, 마음먹은 이 순간부터 당장 실천해 봐요.

충동구매 경계하기

저는 주로 일할 때 필요한 것에 투자하는 편입니다.
미용에 관련한 도구나 일할 때 입을 만한 옷을 주로 사죠.
눈에 자주 보이는 일상의 풍경을 아름답게 갖추는 것이
무엇보다 중요하다고 믿거든요.
내 일상의 모습이 곧 고객이 보는 풍경이기도 하니까요.
순간의 만족을 위해 충동구매하는 것을 자제하고,
나의 기반을 다지는 물건에 적당한 투자를 하세요.

다정한 나의 집

쑥쑥
크렴

집이란, 밖에서 어떤 일을 겪었어도
나답게, 편하게 있을 수 있는 곳이에요.
아무리 힘든 마음의 짐을 지고 있더라도
집에 들어서기 전에는 전부 등에서 내려놓길 바라요.
나를 둘러싼 매일의 환경은 무의식적으로 내게 큰 영향을 미칩니다.
그러니 집에서는 웬만하면 싫어하는 것을 접하지 않도록 해요.
집에서의 시간은 좋아하는 방송, 영화, 음악, 음식,
소중한 지인들과의 대화 등으로 가득 채우세요.
집은 나를 다정하고 차분하게 만드는 곳입니다.
치열해야 하는 일터와는 의미를 분명하게 구분해야 해요.

주변 환경을 청결하게

쓱—싹

내가 머무는 곳을 청결하게 유지하려는 노력은
차분하게 살아가기 위한 소중한 마음가짐이에요.
특히 가장 편히 쉴 수 있는 집을 기분 좋은 공간으로 만드세요.
저는 미용 일을 하기에 머리카락 한 올 떨어지지 않은
청결한 집을 목표로 삼습니다.
웬만하면 집에 쓰레기통도 두지 않아요.
요리할 땐 옆에 봉지를 두고 요리가 끝나면 바로 수거함에 버립니다.
물건이든 쓰레기든 필요 이상으로 늘리지 않는 것을 목표로 삼자
좀 더 쾌적한 환경에서 살게 되었어요.
삶이 더 아름다워졌고요.

심플하게 살기

물건을 많이 두지 않고 심플하게 살기.
우리 집에서 중요하게 여기는 규칙이에요.
공간 구성이 단순하면 마음이 느긋해지고 청소하기가 편해요.
실내 공기 순환도 좋아져서 생활의 질이 올라간답니다.
마구잡이로 쌓여 있는 물건이 넘치면
공간의 생명력이 점점 사라지는 느낌이 들어요.
상황에 따라 많은 물건이 필요할 분도 있을 텐데요,
그렇다면 정리정돈을 좀 더 신경 써서 하면 돼요.
수납할 곳을 확보하고, 눈이 닿는 곳에 물건을 두는 식으로요.
언제나 보기 좋은 공간을 유지하는 게 쾌적한 삶을 위한 핵심이에요.

옷에도 강약 조절을

편하게

화려하게

40대에는 옷도 집도 전부 일류여야 인정받을 수 있다고 믿었어요.
평상시에 입는 옷도 전부 명품이었죠.
어느 날, 이대로라면 명품의 진정한 가치에
무감각해질 수 있겠다는 생각이 머리를 스쳤어요.
그 후로 일할 때만 갖춰 입고
평소에는 편하고 깔끔한 옷을 즐겨 입어요.
일명 '옷의 강약 조절'을 명확하게 구분한 셈이죠.
50대가 되면서부터는 특별한 날 입는 옷을
최대 다섯 벌로 제한했어요.
이렇게 하니 가끔 차려입었을 때 훨씬 더 근사해 보이더라고요.
모든 일은 강약 조절로 균형을 잡는 게 중요해요.

감정을 정리하는 방법 찾기

인생 최대의 위기가 닥쳤을 때, 제일 먼저 한 일은 서예였어요.
'복(福)', '웃으면 복이 온다(笑門萬福來)', '흐르는 강물처럼' 등
마음이 편안해지는 글귀를 찬찬히 써 내려갔죠.
글을 쓰고 나면 머릿속에서 잊힌 소중한 기억들이 돌아왔어요.
잃어 버렸던 무언가를 끌어당기는 감각을 느꼈답니다.
이게 바로 운을 부르는 첫걸음이란 생각이 들더군요.
머릿속에 괴로운 생각이 가득하면 자꾸 나쁜 일이 재현됩니다.
좋은 생각을 불러일으키는 글귀를 한 자 한 자 차분히 적어 보세요.
자기 감정을 정리하는, 위기를 기회로 바꾸는 마법 같은 행위랍니다.

사소한 것부터 주관을 기르기

푸릇푸릇 나만의 숲길 아지트

사람들의 마음을 훔치는 공간을 소위 '핫플레이스'라고 부르죠.
하지만 아무리 멋지고 유명해도 나에게는 별로일 수 있어요.
남들이 좋다고 하는 곳이 아닌,
내 마음에 드는 곳을 '핫플레이스'로 여기세요.
잘 알려지지 않아 인적이 드문 곳이 내겐 최고의 아지트일 수 있잖아요.
세상 사람들이 좋다고 하는 것을
무작정 따르려는 마음은 멀리해야 해요.
주관적으로 살펴보고 내 기준에 맞는지 판단하는 힘을 기르세요.
사소한 것부터 차근차근 주관을 기르면
좀 더 지혜롭고 현명한 어른으로 거듭날 수 있답니다.

좋아하는 색깔로 기분 전환

분홍색으로 뾰로롱~

일이 잘 안 풀린다 싶으면 머릿속의 색깔을 상상해 보세요.
상황에 따라 알록달록 색깔이 달라진다고 생각하는 거죠.
최고로 기분 좋을 때는 진분홍색,
힘이 빠지면 칙칙한 회색으로 변하는 식으로요.
이렇게 머릿속의 색깔을 확인하며 살아가면
좀 더 다채로운 매일을 보낼 수 있어요.
유독 좋아하는 색깔을 한 가지 정하는 것도 추천해요.
저는 통통 튀는 분홍색을 좋아해서
가방에 하나, 집에 하나 반드시 분홍색의 물건을 둔답니다.
자주 사용하는 물건의 색깔 바꾸기, 아주 단순하지만
운을 끌어당기고 기분을 전환하는 좋은 방법이에요.

작은 행복으로의 도피

힘들 때는 '작은 행복으로의 도피'를 하려고 해요.
좋아하는 것에 몸을 맡기는 거죠.
이러한 노력 덕분에 지금까지 어떻게든 살아왔다고 믿습니다.
포근한 우리 집, 사랑하는 반려동물, 지인들의 따뜻한 응원 등
사소한 행복을 느낄 수 있는 것을 단 한두 가지라도 찾아내면,
꽤 멋진 삶을 살아갈 수 있어요.
저의 경우 취향의 물건으로 꽉 차 있는 집에 머물면
보호받는 기분이 들어서 안정감이 느껴집니다.
또 사랑하는 반려동물의 눈동자와 잠든 모습을 보면
단숨에 행복해지고요.
무엇보다 주변 사람들의 따뜻한 말 한마디 한마디가
마음을 단단히 지켜 주어요.
여러분도 작은 행복에 기대며 힘든 순간들을
극복해 나가길 바랍니다.

사랑이란 감정을 소중히

Love

나이를 먹을수록 단순하게 생각하고 행동하는 게 중요해요.

인간관계에 대한 집착을 덜어 내고 내 마음 건강을 챙겨야 하죠.

그렇다고 애정 없이 건조한 관계만 맺는 건

외로움을 증폭시켜 위험해요.

단순하게 살고 싶어도 '사랑'만은 잊지 않길 바라요.

사랑이라는 감정은 삶 전체와 깊이 연관되어 있어요.

누군가와 진심을 담아 사랑을 주고받으면

인생 자체가 풍요로워집니다.

다른 사람에게 마음을 쓰며 살아가요.

사랑 없는 인생은 너무 슬프잖아요.

나의 길을 묵묵히 걸어가기

단 한 가지 길을 목표로 정하고 걸어 나가면 헷갈릴 게 없겠지만
살아가다 보면 뜻밖의 벽에 부딪혀 새로운 길을 찾아야 해요.
머뭇거리다가 결국 지금 내 형편에 맞는 방향으로 타협을 보기도 하죠.
하지만 이렇게 찾아낸 길은 '나를 당장 편하게 할 지름길'일 뿐입니다.
가 봤자 좋은 일 하나 없는 공상의 길일지도 모르죠.
급하게 방향을 바꿔 걸어가다가 그 너머에 길이 없다는 걸
뒤늦게 깨닫고 후회할 수 있습니다.
일단 정한 길을 끝까지 밀고 나가는 게 중요해요.
머뭇거리다가 찾은 길에서는 결과가 좋지 않을 확률이 높아요.
인생은 갈림길의 연속이에요.
자신의 목표를 다시금 확인하고 공상의 길로 가지 않기를 바랍니다.

에필로그

마지막 장까지 읽어 주어 정말 고맙습니다.

지금 우리는 마치 한 편의 연극처럼, 변덕스러운 산속 날씨처럼 사람의 감정이 빠르게 변하는 세상에 살고 있어요. 이렇게 감정 과다인 사회에서는 내 마음을 얼마나 의젓하고 단단하게 지키는지, 인간관계를 얼마나 긍정적으로 받아들이는지가 중요합니다.

인생이 잘 풀리지 않는 것 같아 괴로울 때, 무작정 노력하는 건 어렵지만 하루에 한 발짝씩만 앞으로 나아간다고 생각하는 건 쉬울 거예요. 조금 뒤로 물러서더라도 또 한 걸음씩 앞으로 가면 괜찮다고 마음을 다독여요. 초조해하지 말고 천천히, 천천히.

혹시 걷다가 힘들어 우뚝 멈춰 섰다면 이 책을 다시 읽어 보세요. 인사말에서도 전했지만 이 책을 늘 가방에 넣어 두고 싶은 '마음을 지키는 부적'으로 여긴다면 더없이 기쁠 것 같습니다.

책을 만들기 위해 협력해 준 출판사 관계자 여러분, 또 독자 여러분, 진심으로 감사드립니다.

-마음을 담아, 잇코

다정함에 다정함을 포개어

초판 1쇄 발행   2023년 8월 7일

지은이   잇코 IKKO
펴낸이   허대우

편집   한혜인, 이정은
디자인   도미솔
영업·마케팅   도건홍, 김은석, 양아람
경영지원   박상민, 안보람, 황정웅

펴낸곳   ㈜좋은생각사람들
주소   서울시 마포구 월드컵북로22 영준빌딩 2층
이메일   book@positive.co.kr
출판등록   2004년 8월 4일 제2004-000184호

ISBN 979-11-87033-97-4 (03810)

좋은생각은 긍정, 희망, 사랑, 위로, 즐거움을 불어넣는 책을 만듭니다.
positivebook_insta   www.positive.co.kr